KB015750

숨은 그림
찾으며
수수께끼
300

개정판 1쇄 발행 2023년 1월 2일
개정판 2쇄 발행 2024년 5월 7일

글 해비치 | **그림** 이혜영
펴낸이 김준성 | **펴낸곳** 도서출판 키움
등록 2003.6.10(제18-144호)
주소 경기도 파주시 회동길 325-16
전화 02-887-3271,2 | **팩스** 031-941-3273 | **홈페이지** www.kwbook.com
ISBN 978-89-6274-586-3

똑똑한 어린이 첫 사전

수수께끼 300

그림 속닥

세균 중 대장은?

수수께끼가 왜 좋을까요?

수수께끼는 어떤 사물이나 상황을 빗대어 말하여 알아맞히는 놀이예요. 정답을 설명하는 문제가 재미있고 엉뚱해서, 어린이의 상상력 · 사고력 · 어휘력 · 관찰력을 쑥쑥 키워 주는 말놀이랍니다.

어린이 첫 수수께끼 사전

이 책에는 재치 넘치는 수수께끼가 **300개**나 담겨 있어요.
동물, 식물, 사물, 음식, 자연, 사람, 알파벳 · 말놀이, 나라 · 도시 등 **어린이에게 친숙한 8가지 주제**를 통해 **다양한 주변의 사물과 상황**을 만나 볼 수 있답니다.

숨은그림찾기로 정답 찾기

수수께끼의 답을 모르겠다고요?
재미있는 **숨은그림찾기놀이**로 정답을 찾아보세요.
어린이의 **흥미**와 **성취감**이 더욱 UP!

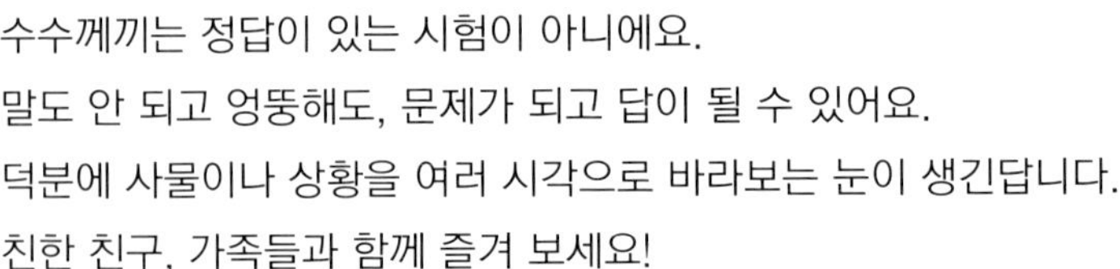

수수께끼는 정답이 있는 시험이 아니에요.
말도 안 되고 엉뚱해도, 문제가 되고 답이 될 수 있어요.
덕분에 사물이나 상황을 여러 시각으로 바라보는 눈이 생긴답니다.
친한 친구, 가족들과 함께 즐겨 보세요!

이 책의 구성

★ 본문 구성

❶ 8개의 주제로
수수께끼를 나눴어요.

❷ 300개의 수수께끼를 소개해요.

동물
001
두 손에 가위를 들고
거품을 내며 옆으로 가는 것은?
002
고양이를 무서워하지
않는 쥐는?

❸ 숨은그림찾기에 정답이 숨어 있어요.

❹ 책을 거꾸로 하면 정답이 바로 보여요.

★ 재미있게 읽는 방법

1. 한 손으로 정답을 가리고, 수수께끼를 풀어요.
2. 생각한 정답을 그림에서 찾아봐요.
3. 정답을 모르겠다면 그림을 보며 정답을 생각해 내도 좋아요.
4. 친구나 부모님과 함께 하면 더욱 재미있어요.

차례

알쏭달쏭 수수께끼,

알듯 말듯 생각나지 않을 땐?

숨은그림찾기로 **정답**을 찾아보세요!

수수왕자, 께끼공주와 함께

신 나는 수수께끼 여행!

쿵쾅

쿵쾅

숨은 동물 찾기

001

두 손에 가위를 들고 거품을 내며 옆으로 가는 것은?

정답 | 꽃게

002

고양이를 무서워하지 않는 쥐는?

● 정답 | 박쥐

003

꼬리는 꼬리인데 노래를 잘 부르는 꼬리는?

정답 | 꾀꼬리

다 자랐는데도 자꾸 자라라고 하는 것은?

정답 | 자라

005

매일매일 나무에 박치기하는 새는?

정답 | 딱따구리

006

세모난 모자를 쓰고 다리가 열 개 달린 것은?

정답 | 오징어

007

아기일 때는 꼬리가 있지만, 어른이 되면 없어지는 것은?

정답 | 개구리

008

늙으면 머리에 빨간 리본을 매는 동물은?

정답 | 닭

009

항상 등이 굽어 있는 동물은?

정답 | 새우

010

쇼핑을 가장 많이 하는 동물은?

정답 | 사자

011

장사를 가장 잘하는 동물은?

정답 | 판다

012

매일 까만 양복을 입는 동물은?

정답 | 펭귄

013

물속에서 헤엄치는 달은?

정답 | 수달

014

물에 둥둥 떠다니는 고기는?

정답 | 물고기

015

걸어 다니는 귀는?

● 정답 | 당나귀

016

기어 다니는 북은?

정답 | 거북

017

앞뒤가 똑같은 새는?

정답 | 기러기

018

날아다니는 불은?

정답 | 반딧불이

019

항상 꿀 달라고 조르는 동물은?

정답 | 돼지

020

생일에 죽는 곤충은?

● 정답 | 하루살이

021

온몸에 뾰족한 가시가 돋친 동물은?

정답 | 고슴도치

바닷속에서 사는 파리는?

정답 | 해파리

023

네 발로 걸어 다니는 뱀은?

024

매일 두 손을 모으고 비는 동물은?

정답 | 파리

025

어디 가지 않아도 간다고 하는 것은?

정답 | 가오리

스스로 기어 다니는 팽이는?

● 정답 | 달팽이

027

머리에 발이 달린 동물은?

정답 | 문어

028

등에 산봉우리를 짊어지고 다니는 동물은?

● 정답 | 낙타

029

오래 사는 풍뎅이는?

030

가장 빨리 달리는 벌레는?

● 정답 | 바퀴벌레

031

다리 없이
배로 다니는 동물은?

032

배에 아기를 넣고 뛰어다니는 동물은?

정답 | 캥거루

033

소는 소인데 일 못하는 소는?

● 정답 | 엄소

034

소는 소인데
날아다니는 소는?

● 정답 | 이륙소

035

뿔이 없는 소는?

정답 | 송아지

036

날지 못하는 제비는?

● 정답 | 족제비

037

어린데 수염을 기르는 동물은?

038

범(호랑이)을 무서워하지 않는 개는?

정답 | 하룻강아지

039

코 위에 뿔이 난 동물은?

정답 | 코뿔소

040

점을 잘 치는 벌레는?

정답 | 무당벌레

041

손 대신 항문으로 일하는 동물은?

042

오리처럼 생겼는데 너구리라고 불리는 동물은?

정답 | 오리너구리

043

음식을 먹기 전에 시끄러운 소리를 내는 것은?

044

여름에만 신 나게 노래하는 곤충은?

● 정답 매미

045

온종일 꽃만 쫓아다니는 것은?

046

똑똑해서 학교에 다니는 물고기는?

047

진짜 새의 이름은?

싸우면 항상 지는 소는?

049

흰색과 검은색 줄무늬 옷을 입고 있는 것은?

정답 | 얼룩말

050

땅속에 굴을 파고 사는 개는?

정답 | 땅강아지

051

팔다리가 없고 눈도 없는 동물은?

정답 | 지렁이

052

소리를 다섯 가지밖에 듣지 못하는 동물은?

● 정답 | 오리

053

하늘을 날아다니는 개는?

정답 | 솔개

054

장수를 잘하는 개는?

● 정답 | 조개

055

밥 먹을 때는 무서운 악어도 꼼짝 못하는 새는?

수련

수련

숨은 식물 찾기

056

클수록 옷을 벗으려 하는 것은?

정답 | 밤송이

057

둥근 뼈 하나에
노란 이가 잔뜩 난 것은?

● 정답 | 옥수수

058

빨간 얼굴에 주근깨투성이인 것은?

정답 | 딸기

059

뭐든 자꾸만 보겠다고 하는 곡식은?

정답 | 보리

060

여름에는 옷을 입고 겨울에는 옷을 벗는 것은?

정답 | 나무

061

사과가 웃으면?

정답 | 풋사과

062

무엇이든 구기고 싶어 하는 것은?

정답 | 구기자

063

잘못했을 때 주는 것은?

정답 | 사과

064

수줍음이 많은 무는?

정답 | 홍당무

065

52살에서 나이가 멈춘 채소는?

정답 | 오이

066

밤은 밤인데
아픈 밤은?

정답 | 알밤

겉은 보름달인데
속은 반달인 과일은?

정답 | 귤

068

태어나면서부터 늙은 꽃은?

정답 | 할미꽃

069

세상에서 가장 뜨거운 과일은?

정답 | 천도복숭아

070

햇볕이 쨍쨍한데도 우산을 들고 서 있는 것은?

● 정답 | 버섯

071

머리가 두 조각이 나도 잘 자라는 것은?

정답 | 콩나물

072

늙을수록 점점 무거워지는 것은?

정답 | 호박

무가 열 개 모이면?

● 정답 | 열무

074

소리가 나지 않는 방울은?

정답 | 솔방울

075

나팔을 부는 꽃은?

정답 | 나팔꽃

076

나이가 들수록 고개를 푹 숙이는 것은?

정답 | 벼

077

항상 모자를 쓰고 다니는 것은?

● 정답| 도토리

078

늙을수록 화려해지는 것은?

정답 | 고추

079

조금 나왔어도 쑥 나왔다고 하는 채소는?

정답 | 쑥

080

키가 크고 속이 텅 빈 것은?

정답 | 대나무

081

음메음메~ 우는 나무는?

정답 | 소나무

082

갓은 갓인데 머리에 못 쓰는 갓은?

정답 | 쑥갓

083

꼬리만 흔들고 사람을 따라가지 않는 강아지는?

정답 | 강아지풀

084

먹을 수 없는 강은?

정답 | 생강

사과가 푹 파이면?

정답 | 파인애플

086

저축을 좋아하는 나무는?

정답 | 은행나무

계속 방귀를 뀌는 나무는?

088

토끼가 좋아하는 풀은?

정답 | 토끼풀

089

잘못이 없는데도 몽둥이로 매를 맞는 것은?

정답 | 마늘

090

사람을 울게 하는 채소는?

정답 | 양파

알록

달록

숨은 사물 찾기

091

방 안을 기어 다니면서 쓰레기를 먹는 것은?

● 정답 | 청소기

입으로 공기를 먹으면
엉덩이로 노래를 부르는 것은?

정답 | 나팔

093

사왔는데도 못 사왔다고 하는 것은?

● 정답 | 못

094

검은 이와 흰 이가 나란히 노래하는 것은?

● 정답 | 피아노

095

공기만 먹고도 살이 찌는 것은?

정답 | 풍선

096

날씨가 더우면 키가 커지고 추우면 키가 작아지는 것은?

정답 | 온도계

097

펭귄이 다니는 고등학교는?

● 정답 | 냉장고

098

해가 뜨면 긴 줄에 매달려 춤추는 것은?

099

닦으면 닦을수록 점점 더러워지는 것은?

100

네 쌍둥이가
땅에 굴러다니며 노는 것은?

● 정답 | 팽이

101

산, 강, 길이 있어도 사람이 다니지 못하는 것은?

● 정답 | 지도

102

머리로 넣으면 입으로 나오는 것은?

● 정답 | 주전자

103

더울 때는 열고 추울 때는 닫는 것은?

● 정답 | 창문

104

비 올 때만 나와서 돌아다니는 것은?

정답 | 우산

105 어른은 탈 수 없지만, 어른이 없으면 움직이지 못하는 차는?

정답 | 유모차

106

들어가는 곳은 하나인데 나오는 곳이 둘인 것은?

정답 | 바지

107

하늘에서 춤추는 발은?

● 정답 | 기발

108

올라가면 닫히고 내려가면 열리는 것은?

● 정답 | 지퍼

109

중학생과 고등학생이 타는 차는?

● 정답 | 중고차

110

방은 방인데 사람이 들어갈 수 없는 방은?

● 정답 | 가방

111

빨간 옷을 입고 온종일 네모난 종이만 받아먹는 것은?

112

음식을 먹으면
옆으로 나오는 것은?

● 정답 | 방귀

113

아침저녁으로 사람에게 절을 받는 것은?

● 정답 | 세면기

114

큰 소리로 방귀를 뀌고 하늘 높이 올라가는 것은?

● 정답 | 로켓

115

어디든 갈 수 있지만, 방에는 못 들어가는 것은?

● 정답 | 신발

116

눈, 코, 입이 없이 귀만 있는 것은?

● 정답 | 바늘

117

때리면 살고
안 때리면 죽는 것은?

118

약을 먹고
사람을 콕 찌르는 것은?

● 정답 | 주사기

119

손님이 올 때마다 끌려 나오는 것은?

● 정답 | 방석

120

구겨진 옷 위에서 미끄럼을 타며 구김살을 먹는 것은?

● 정답 | 다리미

121

주름진 몸을 줄였다 늘렸다 하면서 노래 부르는 것은?

● 정답 | 아코디언

122

찢지 않으면 읽을 수 없는 것은?

정답 | 편지 봉투

123

몸이 커지면 커질수록 작아지는 것은?

정답 | 옷

124

눈물을 흘리며
키가 작아지는 것은?

● 정답 | 양초

125

아무리 많이 모아도 결국은 버리는 것은?

● 정답 | 쓰레기

126

높이 올라갈수록 작아지는 것은?

● 정답 | 비행기

127

윙크만으로 자동차를 멈추고 움직이게 하는 것은?

● 정답 | 신호등

128

청소할수록 작아지는 것은?

129

태어나서 머리카락을 한 번도 안 잘라 본 것은?

정답 | 붓

130

때릴수록 높이 뛰는 것은?

정답 | 공

131

강 중에 가장 더러운 강은?

● 정답 | 요강

132

들어갈 때는 짐이 많지만 나올 때는 아무것도 없는 것은?

정답 | 굴뚝

133

등에 배꼽이 달린 것은?

정답 | 솥뚜껑

동생이
형을 많이 좋아하면?

● 정답 | 형광펜

135

밥 먹을 때마다 키를 재는 것은?

136

옷에 메고 다니는 빵은?

정답 | 멜빵

137

잘 때려야 칭찬받는 것은?

● 정답 | 망치

138

학용품 중에 제일 게으른 것은?

정답 | 자

139

동화는 동화인데 읽을 수 없는 동화는?

● 정답 | 운동화

140

가로, 세로로 난 줄 위에서 싸우는 것은?

● 정답 | 바둑

141

아몬드가 죽으면?

● 정답 | 다이아몬드

142

무는 무인데
늘었다 줄었다 하는 무는?

● 정답 | 고무

143

막대기로 매를 맞으면 노래를 부르는 것은?

• 정답 | 실로폰

냠냠 쩝쩝

숨은 음식 찾기

144

하얀 구름이 나무젓가락에 걸린 것은?

145

빵은 빵인데 걸어 놓고 먹는 빵은?

정답 | 건빵

146

물에서 태어났는데
물에 들어가면 사라지는 것은?

147

추장보다 더 높은 사람은?

정답 | 고추장

148

딱 세 사람만 탈 수 있는 차는?

콩나물이 무를 때렸다를 다섯 글자로 줄이면?

정답 | 콩나물 무침

150

알몸으로 뜨거운 곳에 들어가 옷을 입고 나오는 것은?

● 정답 | 튀김

151

사람이 먹을 수 있는 제비는?

정답 | 수제비

152

겉은 흰색인데 속은 노란색인 것은?

정답 | 달걀

153

사람들이 즐겨 마시는 피는?

● 정답 | 커피

154

비는 비인데 구워 먹는 비는?

정답 | 갈비

155

뜨거워도 차다고 하는 것은?

정답 | 마시는 차

156

귀는 귀인데 듣지 못하는 귀는?

정답 | 뼈다귀

157

사진 찍을 때 찾는 음식은?

정답 | 치즈

158

소를 보러 간 빵을 네 글자로 줄이면?

정답 | 소보로빵

159

먹기 전에 꼭 불놀이하는 것은?

정답 | 케이크

160

산타클로스가 안 된다고 하는 음식은?

● 정답 | 울면

161

들어갈 때는 딱딱하고
나올 때는 물렁물렁한 것은?

162

물고기의 반대말은?

쥐 네 마리가 모이면?

• 정답 | 쥐포

164

공기는 공기인데
배부르게 하는 공기는?

정답 | 밥공기

165

통에 들어갔다 나오면 열 배로 커지는 것은?

정답 | 뻥튀기

166

항상 하얗게 분칠하고 있는 것은?

정답 | 찹쌀떡

167

먹을 수 있는 별은?

정답 | 파스타

168

껍질을 벗기지 않아도 먹을 수 있는 알은?

● 정답 | 밥알

169

뼈도 가시도 없는 물고기는?

● 정답 | 붕어빵

170

집은 집인데
먹을 수 있는 집은?

● 정답 | 닭똥집

번쩍 번쩍

숨은 자연 찾기

171

밤에 봐야 아름답게 보이는 꽃은?

● 정답 | 불꽃

172

아무리 많이 먹어도
배부르지 않은데,
먹지 않으면 죽는 것은?

● 정답 | 공기

173 추운 겨울이면 처마에 거꾸로 매달려 자라는 것은?

● 정답 | 고드름

174

매일 쫓아다니다가 어둠이 오면 도망가는 것은?

● 정답 | 그림자

175

물을 먹으면 죽는 것은?

● 정답 | 불

176

햇볕을 쬐면 죽는 사람은?

● 정답 | 눈사람

177

어두우면 잘 보이고 환하면 잘 보이지 않는 것은?

● 정답 | 별

178

한 번도 쉬지 않고
먼 길을 가는 것은?

● 정답 | 강물

179

아무리 키 큰 사람의 머리도 쓰다듬을 수 있는 것은?

정답 | 바람

180

더울 때는 울고 추울 때는 꽃을 뿌리는 것은?

● 정답 | 눈물

181

가지 말라고 해도 꼭 가야 하는 것은?

• 정답 | 시간

182

굴은 굴인데
못 먹는 굴은?

● 정답 | 동굴

183

아무리 크고 밝아도
밤에는 찾을 수 없는 것은?

● 정답 | 해

184

할머니, 할아버지가 제일 좋아하는 폭포는?

● 정답 | 나이아가라폭포

185

오리가 얼면?

● 정답 | 언덕(Duck : 오리)

구르면 구를수록 작아지는 것은?

● 정답 | 돌

187

하늘에서 내려오는 박은?

땀을 흘릴수록 작아지는 것은?

● 정답 | 얼음

189

하얀 머리를 풀고 높은 곳에서 춤을 추는 것은?

● 정답 | 연기

190

개 중에 가장 빠른 개는?

● 정답 | 번개

191

개는 개인데 잡을 수 없는 개는?

● 정답 | 무지개

192

오리를 날것으로 먹으면?

● 정답 | 회오리

193

매일 밤 다른 모습으로 변신하는 것은?

● 정답 | 달

아리송

아리송

숨은 사람 찾기

194

교실에서 공부를 안 해도 되는 사람은?

정답 | 선생님

195

아름다운 공주인데 다리가 없는 공주는?

● 정답 | 인어공주

196

다른 사람이 충치가 생기면 돈을 버는 사람은?

● 정답 | 치과의사

키도, 생김새도 다르지만 언제나 함께인 것은?

정답 | 손가락, 발가락

198

매일 사거리에 서서 춤을 추는 사람은?

● 정답 | 경찰

199

깜빡이 아래 훌쩍이, 훌쩍이 아래 쩝쩝이가 있는 것은?

● 정답 | 얼굴

200

할아버지가 좋아하는 돈은?

● 정답 | 할머니

낫 놓고
기역 자도 모르는 사람은?

● 정답 | 외국인

202

슈퍼마켓에서 일하는 아저씨는?

● 정답 | 슈퍼맨

203

감은 감인데
못 먹는 감은?

● 정답 | 영감

204

남들이 울 때 웃는 사람은?

정답 | 장의사

205

늙을수록 자꾸만 늘어나는 살은?

● 정답 | 주름살

206

바로 앞에 있는데도 보이지 않는 것은?

● 정답 | 눈썹

207

목욕탕에 가서 두고 나오는 것은?

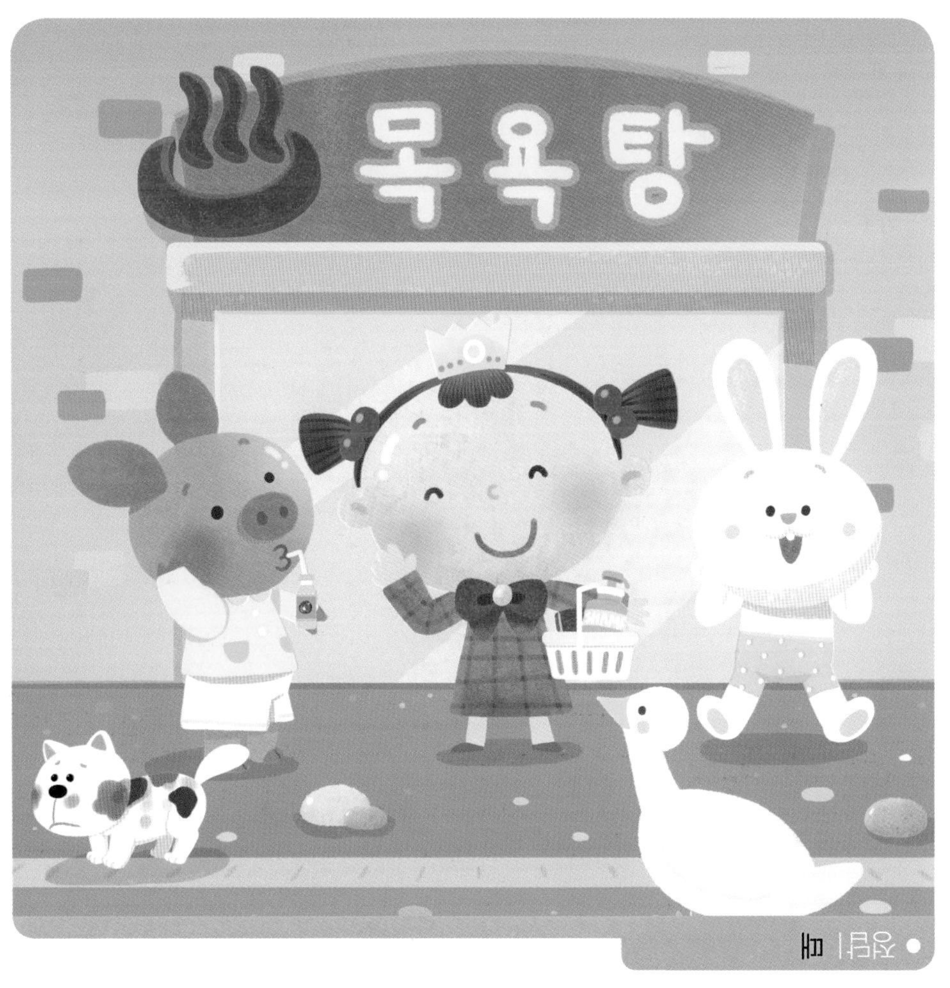

● 정답 | 때

208

아픈 데가 없어도 매일 병원에 가는 사람은?

● 정답 | 의사

209

공은 공인데
가지고 놀 수 없는 공은?

● 정답 | 뱃사공

210

칼은 칼인데 물건을 벨 수 없는 칼은?

● 정답 | 머리칼

종이를 붙일 수 없는 풀은?

정답 | 쌍까풀

212

다 배워도 계속 배우라는 소리를 듣는 사람은?

물건을 못 넣는 주머니는?

● 정답 | 아주머니

214

아무리 예뻐도 미녀라고 할 수 없는 사람은?

● 정답 | 미남

비가 오면 신 나서 돌아다니는 사람은?

● 정답 | 우산장수

216

때리고 도망가도 칭찬받는 사람은?

정답 | 야구선수

217

버스에 자리가 없어도 항상 앉을 수 있는 사람은?

● 정답 | 운전기사

218

우리나라 최초의 다이빙 선수는?

정답 | 심청

219

신사가 하는 인사는?

● 정답 | 신사임당

220

개 조심이라는 팻말을 좋아하는 사람은?

● 정답 | 개 도둑

221

씨는 씨인데 땅에 심지 못하는 씨는?

● 정답 | 아저씨

222

바가지를 머리에 쓰고 다니는 사람은?

● 정답 | 군인

만나면 엉덩이를 보여 줘야 하는 사람은?

● 정답 | 간호사

224

사람들이 몸에 지니고 다니는 톱은?

● 정답 | 손톱, 발톱

225

매일 떼돈 버는 사람은?

정답 | 목욕탕 주인

226

바다에는 없고, 얼굴에 있는 조개는?

● 정답 | 보조개

가장 높은 자리에 있는 감은?

● 정답 | 상감

228

새 발의 피로 부자가 된 사람은?

정답 | 흥부

비가 없으면 일을 못 하는 사람은?

정답 | 환경미화원

230

검은 산속에 나 있는 좁고 하얀 길은?

● 정답 | 가르마

쇠는 쇠인데
사람들이 모두 싫어하는 쇠는?

● 정답 | 구두쇠

232

말로 천 냥 빚을 갚는 사람은?

● 정답 | 말 장수

233

신부는 신부인데 신랑이 없는 신부는?

정답 | 천주교 신부

234

아무도 믿지 않는 사람이 믿는 신은?

● 정답 | 자기 자신

1위가 아닌
4위를 좋아하는 사람은?

● 정답 | 엄마

236

운 두드린 여자를 다섯 글자로 말하면?

● 정답 | 똑똑한 여자

237

작지만 한 번에 온 세상을 다 덮을 수 있는 것은?

● 정답 | 눈꺼풀

238

돈을 많이 벌어도 못 사는 사람은?

● 정답 | 목수

대머리가 되어도 아무도 눈치채지 못하는 사람은?

● 정답 | 스님

240

이 세상의 끝에 있는 것은?

● 정답 | 아기

끼끼 깔깔

숨은 알파벳 말놀이 찾기

말놀이 영역에서는 돋보기 속의 글자로 숨은그림찾기를 해요.

항상 입속에 있는 것은?

• 정답 | E (이)

닭이 낳는 것은?

● 정답 | R (알)

243

기분이 나쁠 때 쓰는 말은?

● 정답 | A (에이)

244

수박 속에 든 것은?

● 정답 | C (씨)

245

코가 간지러울 때 나는 소리는?

● 정답 | H (에이치)

246

모기의 먹이는?

● 정답 | P (피)

247

기발한 생각이 날 때 하는 말은?

● 정답 | O (오)

248

시작을 알릴 때 하는 말은?

● 정답 | Q (큐)

249

임신하고 낳는 것은?

● 정답 | 아이

깨면 깰수록 칭찬을 받는 것은?

● 정답 | 신기록

251

만두 장수가 제일 듣기 싫어하는 소리는?

● 정답 | 속 터지다

252

붉은 길에서 동전을 줍다를 네 글자로 줄이면?

찾아보세요 책

정답 | 홍길동전

253

찾아보세요 사탕

형이랑 동생이 싸워도 모두 동생 편만 드는 세상은?

● 정답 | 형편없는 세상

254

조용히 하라는 한자는?

● 정답 | 말 마(馬)

255

개가 사람을 가르친다를 네 글자로 줄이면?

● 정답 | 개인지도

256

두 장 더하기 두 장은?

정답 사장

257

가장 빠른 닭은?

달리기 대회

● 정답 | 후다닭

세균 중에서 가장 센 대장은?

● 정답 | 대장균

엄마가 길을 잃으면?

● 정답 | 맘마미아

260

해가 울 때 사람들이 하는 말은?

정답 | 해운대

261

추운 겨울에 많이 찾는 끈은?

● 정답 | 따끈따끈

찾아보세요

꽃

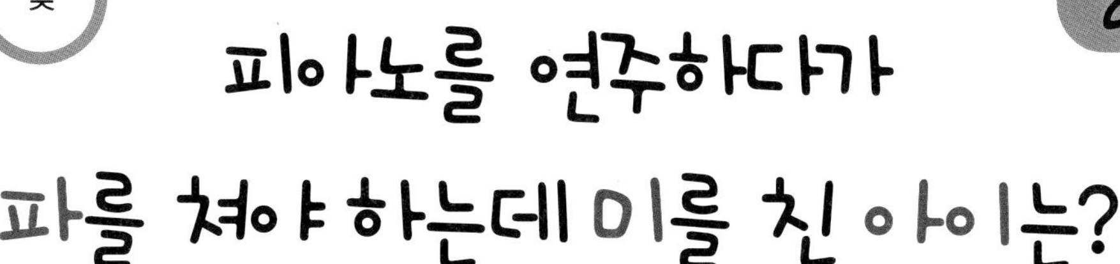

피아노를 연주하다가 파를 쳐야 하는데 미를 친 아이는?

미

● 정답 | 미친 아이

263

옷장 안에 불이 나면?

● 정답 | 장안이 화재

미소의 반대말은?

• 정답 | 당기소

265

찾아보세요 폭탄

전쟁터에서 창이 날아올 때 하는 말은?

● 정답 | 창피해

울다가 그친 사람을 다섯 글자로 줄이면?

뚝!

● 정답 | 아까 운 사람

267

이 세상에서 제일 슬픈 별은?

● 정답 | 이별

나라·도시 영역에서는 수수께끼의 정답인
나라나 도시의 국기를 찾으며 숨은그림찾기를 해요.

268

코 중에 제일 큰 코는?

● 정답 | 멕시코

269

콩은 콩인데 못 먹는 콩은?

정답 | 홍콩

270

말 중에 가장 큰 말은?

● 정답 | 로마

271

세상에서 제일 배고픈 나라는?

정답 | 헝가리

272

가장 바느질을 잘하는 나라는?

정답 | 가봉

273

새로 나온 욕은?

정답 | 신욕

274

광부가 가장 많은 나라는?

정답 | 캐나다

세상에서 가장 거만한 나라는?

정답 | 오만

276

폭력배가 많은 나라는?

정답 | 칠레

277

세상에서 제일 잘 웃는 나라는?

● 정답 | 방글라데시

278

세상에서
가장 큰 곤충이 사는 도시는?

정답 | 파리

공이 너무 많아 남아도는 나라는?

● 정답 | 남아공

280

차도가 없는 나라는?

노루가 다니는 길은?

● 정답 | 노루웨이

282

앞으로 가도 뒤로 가도 똑같은 나라는?

● 정답 | 스위스

팔이 가장 많은 나라는?

● 정답 | 네팔

284

가장 사람이 많은 산은?

정답 | 부산

코는 코인데 사람이 사는 코는?

● 정답 | 체코

286

소들이 모두 빼빼 마른 나라는?

정답 | 소말리아

장사꾼들이 가장 좋아하는 나라는?

● 정답 | 팔라우

288

인도가 네 개 모이면?

● 정답 | 인도네시아

289

불을 싫어하는 나라는?

• 정답 | 불가리아

290

가스를 가장 좋아하는 나라는?

LAST QUIZ

291 사람들이 가장 좋아하는 물은?

292 거꾸로 서 있는 나무는?

293 고기를 먹고 나면 따라오는 개는?

294 밟으면 밟을수록 달아나는 것은?

295 얼굴은 6개이고 눈은 21개인 것은?

296 거꾸로 들어도 바로 보이는 것은?

297 자리는 자리인데 못 까는 자리는?

298 굴리면 굴릴수록 커지는 것은?

299 불을 일으키는 비는?

300 눈 좋은 사람은 잘 안 보이고,
눈 나쁜 사람은 잘 보이는 것은?

● 정답 | 맨 마지막 장에

정답

001
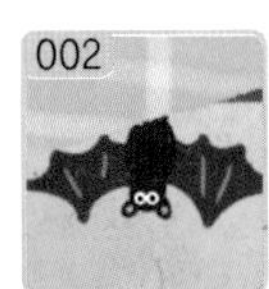
002

003

004

005

006

007

008

009

010

011

012
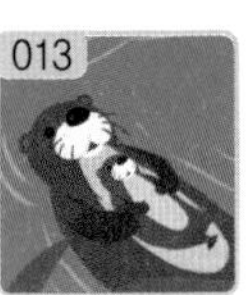
013

014

015

016

017
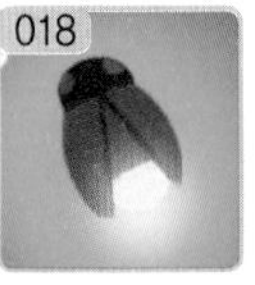
018

019
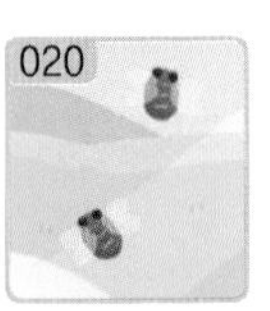
020
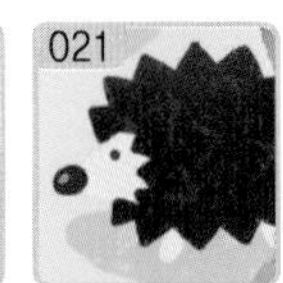
021
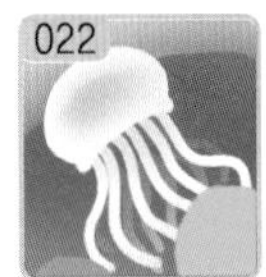
022

023

024
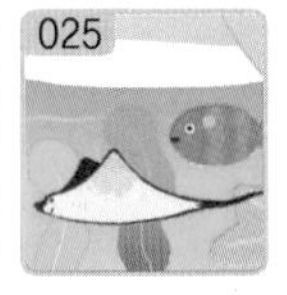
025
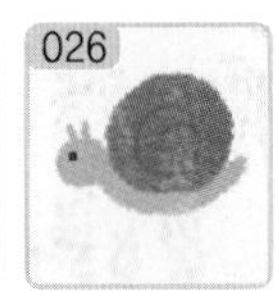
026

027

028

029

030
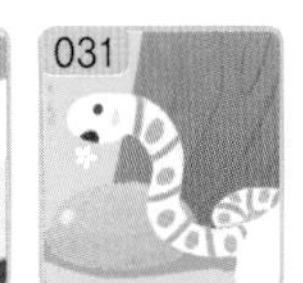
031

032

033
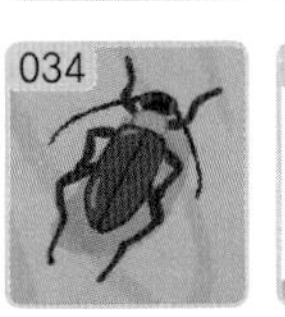
034

035

036

037

038
하룻강아지

039
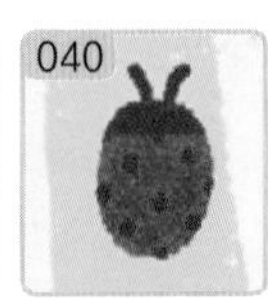
040

041

042

043

044

045

046

047

048

049

050

051

052

053

054

055
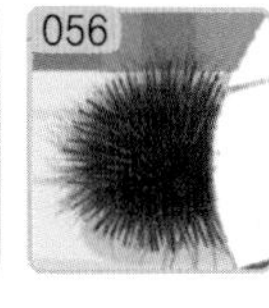
056

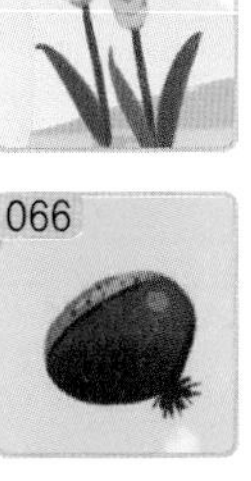

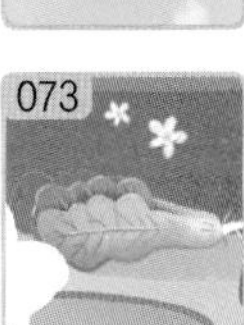

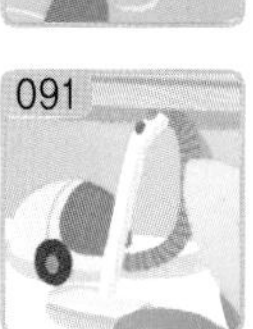

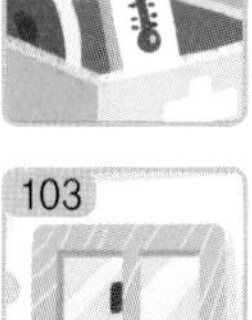

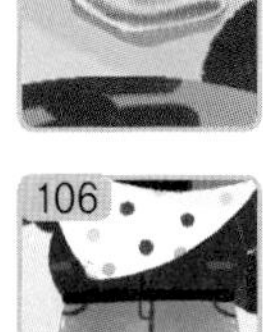

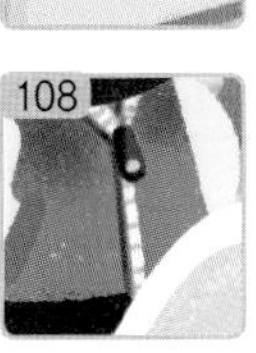

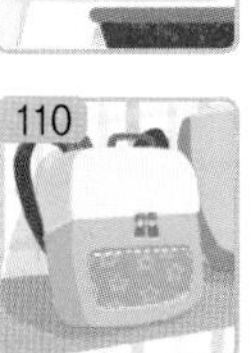

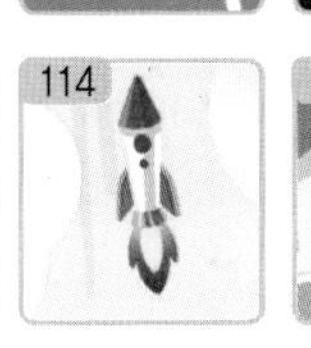

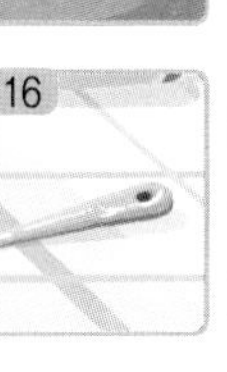

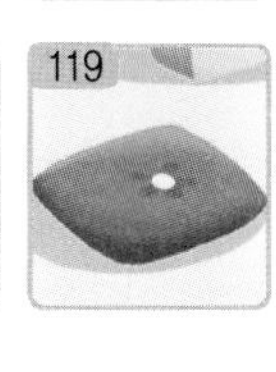

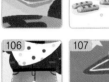

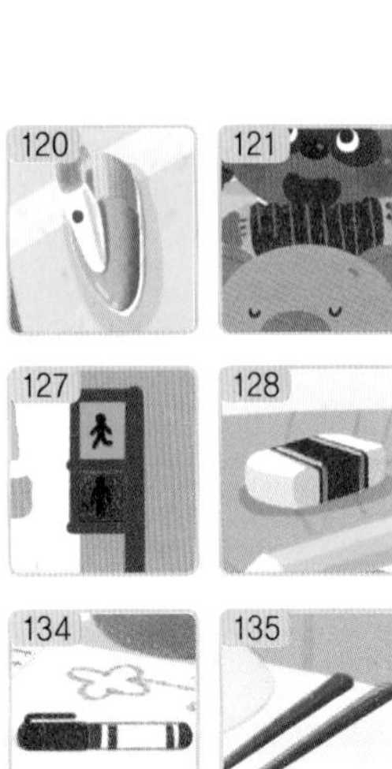
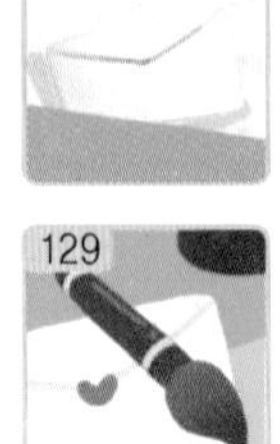

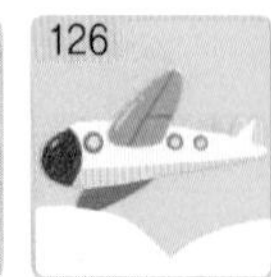
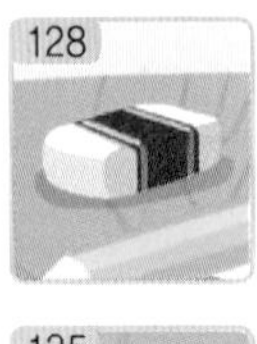

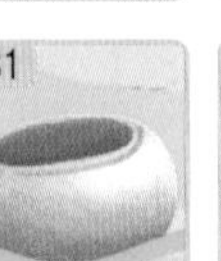

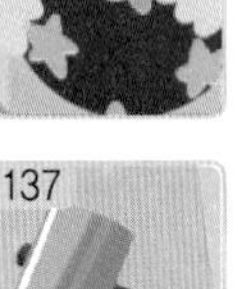

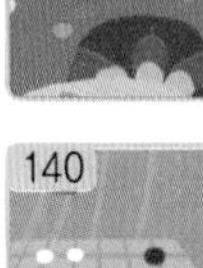
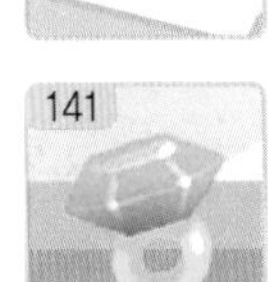
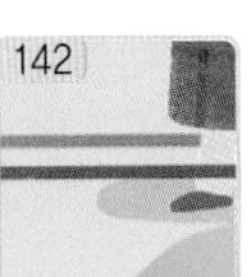

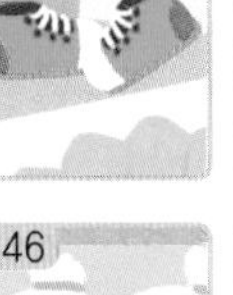

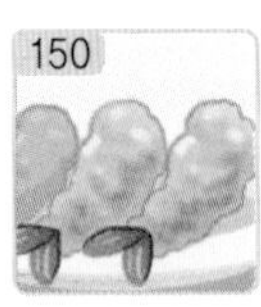

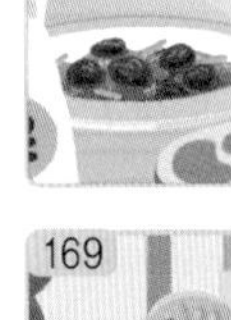

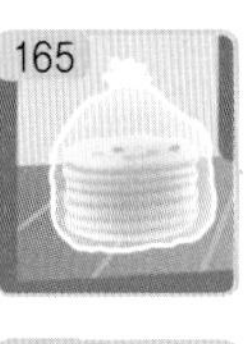

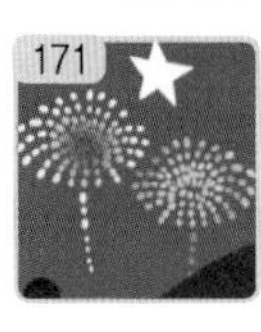

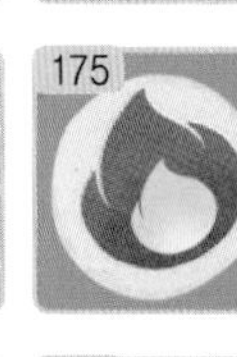

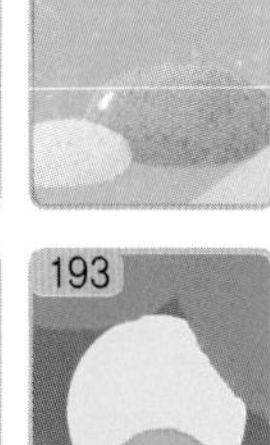
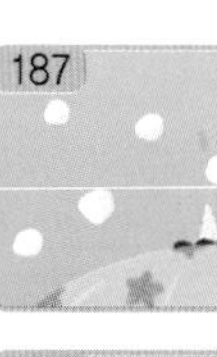

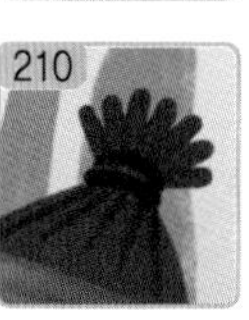
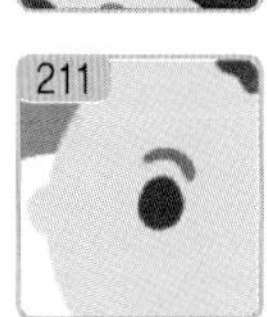

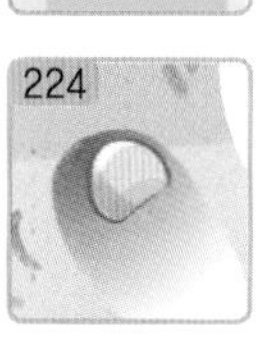

심청전

욕 탕

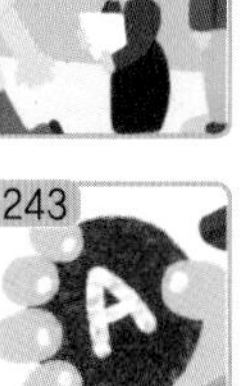
A

H

246

247
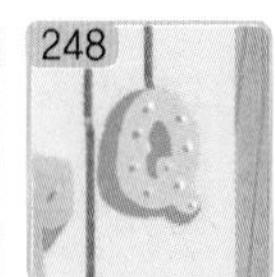
248

249

250
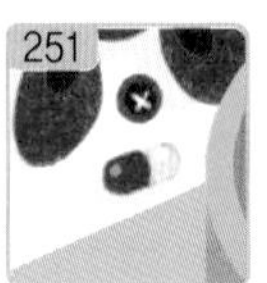
251
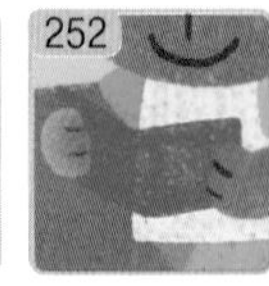
252

253

254

255

256
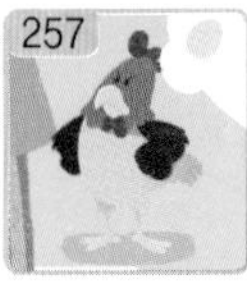
257

258

259
맘마미아
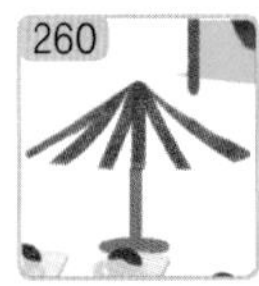
260

261

262

263

264

265
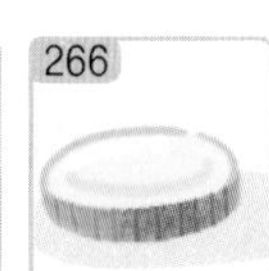
266

267

268

269

270

271

272

273

274

275

276

277

278

279
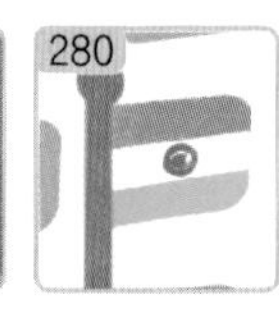
280

281
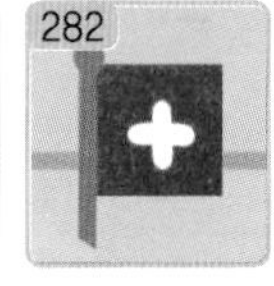
282

283

284

285

286
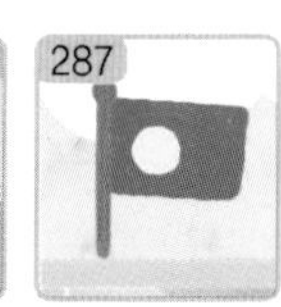
287

288

289

290

LAST QUIZ 정답

291

선물

292
물구나무

293

이쑤시개

294

자전거

295

주사위

296

거울

297

잠자리

298

눈덩이

299

성냥개비

300

안경

알쏭달쏭
수수께끼와 숨은그림찾기
재미있었나요?
다음에 또 만나요!